敷石のパリ

ざわめきの足音へ

Transistor Press

目次

清岡智比古　Tomohiko Kiyooka

ミシマ ショウジ　Shoji Mishima

清岡　智比古

Tomohiko Kiyooka

四季を運ぶ

男は背を向けて立っていた
墨色のパンツ
黒いTシャツは厚い肩に張り付いている
半透明のビニール手袋
の指先は柔らかな肌を撫ぜる
それは桃
小ぶりのひしゃげたハートのような果実を
店先に並べてゆく
ひとつひとつ　いたわるように
木箱は
胸の高さまで

空色のヘジャブをつけた女性が通り過ぎる
足元に目を落とし　杖をついて
彼はふり向かない

ブルーベリー
イチゴ
アヴォカド
ローズ色のバナナはマルティニック産
いま彼は右手で鋏をつかむと
左手でマスカットを摘まみ上げる
時間が止まる

乳母車には金髪の幼女
押しているのはカフェオレ色の肌の細身の女性
その髪は無造作に束ねられている
彼はふり向かない

時間が息を吹き返す
彼の鋏は器用に
痛んだ実を切り落としてゆく
ぶどうは回転し
鋏は泳ぐ

紫と金が大胆に交差するアフリカ風の民族衣装が
ゆらりと現われる

大柄な女性
美しい三つ編みの
縒り合わせた波は色とりどりに連なり　響き合う
彼の目はぶどうだけを見つめている
彼はふり向かない

彼はふり向かない
かつては四季を運んだ商人の末裔として
真夏のランビュトー通りの
早朝の
白い冷気に
全身を包まれるに任せる
父と母の国

マグレブの小国の海岸は忘れ
石の街の切り立った風に愛される

五時だよ、起きるのはね
アラビア語？
英語もフランス語も
お客さんしだいさ

歩道と車道のわずかな段差に
水が流れ込んでくる
清掃人がそれに続く
黄緑の蛍光ベストと緑のシャツ
若く黒い腕の先に引きずられている

ゴム製の箒もまた緑だ

彼はふり向かない

新たな木箱が運ばれてくる
砲丸ほどのメロンが子猫たちのように
身を寄せ合ってはささやき合う
木箱を下ろし終えた男は
彼の肩に触れる
言葉はない

アジア系の父と子が立ち止まる
指をさす
それは店頭に陣取るオレンジ絞り機

彼はふり向く
プティ2ユーロ　ドゥミ3ユーロ　グラン4ユーロ
ドゥミ?　OK

麻のジャケットを羽織った白人女性
手には齧りかけのサンドイッチ
小花柄のミニ・ワンピースの裾をなびかせる
彼らはふり向かない

プラスチック・ボトルをセットし
彼がレバーを押し下げると
小ぶりの金属風車が回転し
次々にオレンジが送り込まれ　絞られ

ボトルには果汁がみるみるたまる

ああ、みんなそう言うのさ
チュニジアの女たちはやさしかろうってね
イタリアの男たちは特にそう信じ込んでるけど
おかげでチュニジアはあいつらの植民地みたいになって

犬に引っ張られた少女が駆け抜ける

でもわかるだろ
複雑なのさ　女たちとは
世界のどこにいたって
甘い目が笑う

アジア人父子は店頭を離れる
キックボードの若者がスピードを上げて追い越してゆく

彼はふり向かない
待っていたメロンたちを一瞬見つめ
静かに抱き寄せる
朝はまだ始まったばかり

パリのモハメッド　かく語りき

本物のテロリストが誰か知ってるかい？
そりゃアメリカだよ
イラクを、シリアを見てみろ
あんた、イロシマを忘れたわけじゃないだろ？
いや、たしかに俺はアラブだけど
これはアラブの意見てわけじゃない
だってエジプトもサウジもインドネシアもみんなアラブだろ？
俺はアラブで
俺はアルジェリア人
（ほんとはフランス人でもあるんだ）
アルジェリア人に訊いてみな、本物のテロリストは誰かって

俺の言ってる意味が分かるよ

おれは三世でね
じいちゃんはドイツと戦った

第一次大戦で
おやじはフランスと戦った

アルジェリア独立戦争で
まじめに働いてたのさフランスで
でも選択肢はないだろ

自分の国が独立しようって時に
参加しないってわけにはいかなかっただろうさ

俺はパリ郊外の生まれだけど

今は家族と19区にいる
妻は一人
四人じゃないよ！
イスラムは四人の妻を持てるったって
今どきそんな奴いやしない
まあ俺はうるさい娘がいるから
妻が二人いるようなもんだがな！

日本人ならシンジ・オカザキは知ってるよな？
あいつはリヤド・マレズと仲良しさ
この写真を見ろよ
二人とも笑ってる！
マレズもパリの北、サルセルで生まれたんだ

アルジェリア系の両親から
だから俺と同じ二重国籍で
アルジェリア代表にもなったわけさ
そういえば日本はがんばったじゃないか
ベルギーに2対3て
すげえな!
アルジェリア・チームのことは聞かないでくれ
今回はフランスを応援したよ
それもいいだろ?

クスクスを食べに行ったって?
おお、クスクスは日本でも知られてるのか!
おまえの奥さんが作れる!?

驚いたな

俺の妻はアルジェリア系だけど

アラブ菓子が作れなくて

でも気がついたらできるようになってた

どうしたと思う?

YouYube さ

今は何だって YouTube に出てるからな

おまえの奥さんも YouTube を見たんじゃないのか?

ただ教えとくがな

クスクスを出す店がみんなアラブってわけじゃない

ユダヤ人もやってるのさ

俺はユダヤ人てものが分かったためしはないがね

いや、もちろん毎日付き合ってはいるよ

俺は58歳だから
引退まであと4年
でも4年なんてあっという間
ヴァカンス　年末　ヴァカンス　年末……
はい、4年経ちました、ってな
そしたら俺はアルジェリアに帰る
いやどうかな
フランスにいるかも
いや
タイもいいって聞いたぞ
アルゼンチンは税金が安いって
とにかく楽しみだよ

あっと言う間さ

イノサン　～無垢なるものたち

教区の誰にも開かれていた
司教が埋葬されたこともあった
しかしこのイノサン墓地の
泥濘にうねる土地を掘って投げ込まれたのは
獄死したもの
セーヌで溺死したもの
引き受け手のないもの
の冷めた体だった
イノサンは貧者の墓地だった

王もまた死ぬ

ルイ6世はその死の直前
中央市場の建設を命じた　それは
イノサン墓地と隣り合う区画だった
一等地の食肉市場
王の命によって並べられた死体と死体
かたや飲み下され消化され
かたや地中の浅い闇で分解される

時をおかずフィリップ王は
この中央市場を城壁で守る
パリの胃袋はこれで安全
墓地もまた大繁盛
肉を失った髑髏は掘り起こされ

墓地を取り囲む長屋の屋根裏に投げ上げられる
愛らしい汚れた卵たち
無造作に積み上げられた彼らは
板の隙間から衆生を見下ろす
眼のない眼窩で君を見つめる

パリに初めて街灯が灯る
たった3か所の街灯が
20万人の夜を照らす
そのうちの1本はここ
イノサン墓地の石灯籠だった
通り過ぎるものたちはその灯りに
魔除けの言葉をつぶやいただろうか

ある夜には
学生たちを引き連れ
解剖学の権威が現れる
彼らが闇にまぎれて掘り出すのは髑髏ではない
新鮮な死体こそが必要なのだ
科学の進歩のために

しかし墓地は臭かった
過密に埋められた200万の亡骸は
地面を2メートル押し上げた
泡立つ土
が放つ腐臭が街を覆う

住民たちは墓地閉鎖の請願を繰り返す
200年間繰り返す
そして髑髏が運び出され
墓地と教会が取り壊されたのは
大革命前夜のこと

金曜の日暮れ時
今はなき墓地を訪ねてみればいい
パリの胃袋の跡地にそびえるフォーラム・デ・アールは
さしずめパリの臍だ
ナンテールからボビニーからクレテイユから
ワカモノが集まってくる
彼らの後を追えばいい

自動小銃を携えた憲兵たちの列をすり抜ければ
矩形の広場は目の前だ
中央には古びた噴水が立ちつくす
ここはイノサンの泉
そのかみの墓地の名は生き残っている
石畳を這うラップ
とりどりの肌のワカモノが踊っている
単調な旋律を千変万化させ
やわらかく捻じれるその踊りを
石畳を磨く無重力のステップを
君はうっとりと見つめればいい
土に還った幾百万の瞳も
君のかたわらで見ているだろう

これは死のダンスなのかと訝りながら

ベルヴィルへ　～パリで『世界』を見た日に

若い男は北京で働いていた
警備員として
世界公園で

そこで再現されているのは10分の1の世界
ピラミッド越しに見えるエッフェル塔は
出品された便器のように佇んでいる

若い男は女と出会う
温州から北京に出てきた美しい女は
コピー専門の仕立て屋を営んでいる

ずいぶん前に結婚した　でも
夫とは10年会ってない
ベルヴィルにいるんだ　あの人は

夫は緊張した面持ちで立っている

古い写真の中で
メトロのベルヴィル駅を背景に

(ここは知っている
彼の背後のビルのスーパーで
月餅と醤油を買ったことがある

入口から数メートル先には　今も
アジア系の街娼たちが立っているだろう
黒い髪で　煙草をくわえ)

温州から出てきた女は
わたしはパリに行くと言い
北京しか知らない若い男を見つめる

世界公園に世界はあるか
北京からエッフェル塔は見えるのか
温州からは

女は旅立ってゆく

若い男は飛行機を見上げる
世界公園の中から見上げる
（今夜は　ベルヴィルの交差点を東に登ってゆくだろう
青島ビールと水餃子のことを思いながら
Wenzhou　―温州―という名のその店を目指して）

ランビュトー通り　午前三時

午前三時の
四階の窓を開ける
冴えた空気が
体に沿って流れ込む

ランビュトー通りを隔てた建物には
閉じた瞳のような窓が整列し
動かない影を見つめている　ただ
斜め上　五階の一部屋にだけ明かりが灯り
そのやわらかなオレンジ色に浸されて
女性が電話している

少しうなずき　それから
タンクトップの背中を見せる

窓を離れベッドに戻る
この部屋の仄白い薄闇にも
オレンジが一滴
広がってゆく
固く結ばれていた花束が
ふと　解き放たれるように

若者たちの声が近づいてくる
叫ぶような　弾けるような声
十代だろうか

遊んだ帰りだろうか
メトロはもう終わっている
どこに行くのか
どこまで行くのか

午前三時の歌舞伎町で
こんな風にして
歩いていた
踊り疲れ
青い屈託に足をとられ
貧しい渇きに酔い……
懐かしくはない
奇妙なのだ

ここにも自分がいたことが

あと二時間もすれば
スーパーの搬入トラックがやってくる
ランビュトー通りは一気ににぎやかになる
29番のバスが来る
バイクがけたたましく走り抜ける
パン屋がガラス扉を開け
八百屋のシャッターも上がる

ベッドで寝返りを打ち
未来のざわめきに耳を澄ます
わたしはやっと安心したようだ

若者たちの声は
もう聞こえない

ミシマ ショウジ

Shoji Mishima

パヴェ　敷石

老婆がバゲットを買っていく
うちのバゲットはフランス本式のものより
ずいぶん短いがそれでも袋からはみ出して
老婆は大事そうにでもなく
バゲットを買って帰る
杖をにぎって
杖の握り手は真鍮のしゃれこうべ

わたしは　パヴェと呼ばれるパンも焼いた
カンパーニュ生地を切りっぱなしでオーブンに投げ入れたパヴェ
いちど　こちらもどう？　と勧めてみたが

通りの敷石を食べるなんて
断られた
たくさんパヴェを空にむかってほうり投げた
アラゴ通り　マロニエの花がうれしそうに空を見あげた

たいていの悲しみは
パンを食べてのりこえてきたのだろう
歩く
背中がふるえ
街路樹がふるえ
あかるい空がふるえ
老婆の抱えるバゲットにだけ
焦点がさだまって

あとはピンボケ

青信号を待っていた老婆は
もういない
バゲットだけが歩いていった

パンデムエルト　死者のパン

朝、店を開けると一番にカトリーナが入ってきた。おおきな花のついた帽子に古風なドレスを着飾って、オアハカの死者の日に優雅に踊るガイコツのカトリーナ。

「パリでは食べるパンがないわ」というので、それでは「パン デムエルトを焼きましょう」と言ったのだ。オレンジブロッサムと蜂蜜をまぜて、パン生地を紐のように、流れる涙のように、クロスに編んでオレンジの花、ジャスミンの、トマティーヨの、焼きあげると、とてもあまい香りがする。マリーゴールドの花をたくさんたくさん添えて、パン デ ムエルトを焼きましょう。

そう、答えたのだ。

その日からわたしは、カトリーナの踊る顔が見えるようになった。

カトリーナ

マリーゴールド　そうじゃない
トナルソチル
花
ソレイユ　うまれたままなの　ここでは育たない
五枚のはなびら
忘れないで　ポッチをのせる
パンデムエルト
の
ポッチ
ないと分からない

あなたたちは見えないわ

カトリーナと若者

カトリーナは毎日、店に来るようになった。この日は陽が暮れても
う店を閉めようという頃に若い男の子とともにやって来た。黒いパ
ーカー、ガイコツの頭にフードをかぶって、その様子でその身振り
で若者だとわかる。
カトリーナにパン デ ムエルトを渡しているうちに、彼は道路に出
て手にもった棒に火をつけはじめた。背中で風をふせぎ、右手に一
本、左手に一本。
おいおい、車を燃やすんじゃないよ！ 火をつけるなよ！
走って外に出ると、彼は火のついた棒を空にむかって投げていた。
高く高く高く、
そして、おちてくる火の球をみぎ、ひだり、手で受けとめた、おお

きく両手をひろげ、ぐるっとからだをひねると火は輪っかになって燃え、彼のまわりを火の球がぐるぐるまわる、まわる白い額の空に漆黒をかかげ、くだけちる蠍のからだ赤々と、さゆうの瞳がいのちをつかみ、胸でもやすひとつの焔。焔にてらされ黒いフードのしたで骨がひかる、目のくぼみが、鼻のくぼみが、ならぶ歯が、笑っているのだろうか、怒っているのだろうか、かなしいのだろうか。いのっているのだろうか。

わたしは立ちすくんで見ていた。

彼の肌は黒かったのだろうか、褐色だったのだろうか、それともわたしのように茶色の肌だったのだろうか。いま彼は、マリーゴールドのようにかがやいている。

セーヌ河によせて　くじら

かたあしで　街をあるいていると
だいだらぼっちにあった
街はあかるかったが　街はこぼれていて
　　通りのかげが　その陰影が
わたしのうでをひきぬいて
ルネ・ヴィヴィアニの公園　ニセアカシアの老木につなげた
すこしちがでたが木肌は陽にあたためられて
いや　いのちから芯からあたたかだった
ぐらぐら街路のそこ　くずれた石畳みのした
乾いた砂浜にすわって　だいだらぼっちとはなしをした

だいだらぼっちは手をのばして
トゥルネル橋からみずをすくってのましてくれた
歌うようにつぶやいた
ひのうちどころのない　ひのうちどころのない

おおきな空のした
やぶれたポケットに拳骨を突っ込み
おんぼろ靴のゴム紐をひっぱり　階段をのぼっていく者がいた
かぜが吹くので
かぜふきタワーで
おおかみの糞をたくのだろう
狼煙が金星の沈む空にあがる
四つ足でそらをかける　おおかみ　まことのことばを話すだろう

おおきなくろくも　ながれてゆき
だいだらぼっちは　おおきなげっぷ
おおおあめをふらした
おーい　おーい

タワーのうえ
塔のうえ
教会のうえ
ガルグイユのうえ　で　しゃがんだふた足
おおきくぼぼをひらいて　がらごろがるぐる音をたてて
だいだらぼっちが　ながながと　ゆるゆると
しょんべん　を　したので

そのおおきな　よどみに　ひとつの　あし
で　たった
め　を　つむった　め　を　つむった
なみだ　が　ながれた

ひがのぼり　ひがしずみ
いつまでもたっていると
なみだも　しょんべんも　干上がって
ひとつの足は塩のみずうみのようにきらきらかがやいていた
なみだとしょんべんは伏流水となって下水道をくだり
セーヌ河をくだり
だいだらぼっちは海へいってしまった
きみをむかえに　いさな寄るうら　よりそい浜へ

この肌をうみべに
ひろげ
いっぱい　しんだねぇ

RUE
BEARN

佐藤　由美子

Yumiko Sato

黄色い灯台

パリに着いた日の午後は
石畳の歩道が雨で濡れていた
空から降る雨さえも凍るような寒さの中
カルチェラタンの見知らぬ露地を
地図を片手に歩いていた
少し先に雨とは違うけぶるような水の匂いがして
その方向に歩いて行くとセーヌ川が見えてきた

だんだんと陽も陰り始め
セーヌ川に降り続ける雨が
パリの街を輪郭がぼやけた風景に変えていた

目を凝らしてなんとかその先を見つめると
白いノートルダム寺院らしき姿が霞んで見えた

「川が凍る」
そんなフレーズが天から落ちて来たという詩人
パリで誕生日を迎えた時に
「この街で詩人は最も尊敬されるんだ」と
ビストロのオーナーに大歓迎されたそうだ

セーヌ川から少し離れて地図を片手にまた歩き始めると
辺りはもうすっかり暗くなって来て
私が今いるところはどこなのか
雨のパリで迷子になってしまったようだ

心細くなった私の目が少し先に黄色い看板を見つけた
それは雨の中を照らす灯台の光のようだった
引き寄せられるように近づいて行くと看板には
SHAKESPEARE AND COMPANYという文字が書かれていた
そうだここだった
私が探していた場所は
パリでビート作家たちが集った場所

エキセントリックな風貌の老人がカウンターで
本のチェックをしながら座っていた
書棚には英語で書かれた古書が沢山並んでいる
本の虫だけでなく蚤さえも
ここを寝床にしているかのような

埃だらけで今にも本が崩れ落ちて来そうな場所もあった

私はその中の一冊をそっと引っ張り出し
誰の本なのかわからない本の表紙の上に
そっと手を触れてみると
そこはほんのり温かく
あらゆる想像の世界へと私を導いてくれた

子どもの頃に住んでいた家の屋根の上にあった
狭い物干しにその年の初雪が積もっていた
今は亡き5歳の弟が裸足になって
物干しの上で大喜びで踊っていた
弟の瞳が笑っていた

涙が溢れ私は本からそっと手を離し
店を出てセーヌ川の岸辺に戻った

セーヌ川に降り続ける雨は
川の中にその姿を消す
ワン プラス ワン
イコール　ゼロ

ワンとゼロで作られているかのようなこの世界に
黄色い本の灯台が無限に続く私たちの物語を
照らしてくれているのかもしれない

パリの下水道

「ジャン・バルジャンのように
パリの下水道を歩いてみたいなら
アルマ橋のたもとに立つズアーブ兵を尋ねるといいよ」と
バルセロナで出会ったバソ君が教えてくれた
だからセーヌ川にかかるアルマ橋のたもとの駅を降りて
ズアーブ兵の姿を探した

ズアーブ兵、それは19世紀の中頃に
アルジェリア人やチュニジア人を基本に
フランスが編成した兵士たちのことで
そのずんぐりとした兵士の像が

アルマ橋の橋脚に静かに佇んでいた
バソ君が言ったとおり
下水道博物館の入り口もアルマ橋のたもとで見つかった

ゴーゴーと流れる水音や
鼻が直角に曲がってしまいそうな
下水の臭いがムンムンしていると
覚悟はしていたけれど
下水道の臭いはそれほどキツくなく
ジャン・バルジャンに思いをはせながら
細い通路を歩き始めた

まず最初に目に付いたのが

合理的にコンピュータで制御してるような部屋
蛍光灯の光の中で働く人たち

先へ先へと歩き続けるうちに
各々の思いを秘めながら
辛抱強く細い道を歩く人たちと交差する

歩道から剥がされた敷石
彫像から折れた白い腕
聞き覚えがない言葉たち

歩いていた私の耳に
──私たちが失ったものが

失われてしまったものが
ここには流れています—

そんな声が、さっき見た制御室から
こっそりと放送されているような気がした

そのまましばらく歩き続けていると驚いたことに
前方から真っ赤な椿の花が次から次から流れて来た

歩き疲れて下水道博物館を出るとパリはもう夕暮れ
橋のたもとでぼんやりしていると
あんころ餅のような物を食べながら
いそいそとセーヌ川沿いを歩く

バソ君の姿を見つけて追いかけた
「驚いた！　バソ君もパリにいたの？
私は今パリの下水道を歩いて来たところ
下水道に真っ赤な椿の花が次々と流れて来たんだよ」
と話したら
「僕が歩いたときには、不思議なことに
チェーホフの短編が流れて来たんだ
これからリパブリック広場に行くんだけど一緒に行かない？」
チェーホフの短編がなぜ？　と思いつつ
私はバソ君についてリパブリック広場に向かった
もうすっかりパリは夜
あちらこちらの歩道や建物から現れ
この広場に向かう人たちと合流した

バソ君は私の耳元でそっとつぶやく
「僕は自分の感情を他人にはコントロールされないよ」

蝶の記憶

（ジャン＝ドミニク・ボビー※のために）

おぼえているかい？

そこはパリから北へ北へ進んだ
大陸の果てにある海辺の街だった
子どもたちがヒラヒラと飛び回る
黄色い蝶の群れを追いかけていた
波の音すらしないような
あの穏やかな薄い水色の海が
どこまでも遠くに続く街だ

心臓の音？

今、私の耳に聴こえたのは
だけどそれは私の耳に飛んできた蝶の羽音だった

潮風が甘い香りを運んで来たあの午後
まるで柔らかい粘土のように練り上げられた
ピンクと黄色のかたまりが
やがてキャンディになっていくのを
わくわくしながらパリの街角に立ってながめた
あの甘い卒倒を思い出していたその時
ピンクとブルーの縞模様のTシャツに
かわいい茶色の革靴を履いた小さな男の子を
うつ伏せになった状態のまま
水色の波が音もなく浜辺に運んで来たのだ

そして船が岸辺を去っていくように
私の世界が崩れ去っていったのだった

※ジャン＝ドミニク・ボビー　Jean-Dominique Bauby（1952～1997）
フランス版「ELLE」誌の名編集長。脳梗塞で倒れ「閉じ込め症候群」になる。唯一動く左目の瞬きをもとにアルファベットを綴る会話法を使って、自伝「潜水服は蝶の夢を見る」を書き上げた。

蟻の頭のクスクスに捧げる詩

昔々あるところに誰かがいて　誰もいなかった

クスクス　クスクス　クスクス
さわさわと風に揺れる
クスクス　クスクス　クスクス
木霊のように心を揺れ動かす
クスクス　クスクス　クスクス
私たちの想像に羽をつける魔法の呪文

そこは北西アフリカ　マグレブと言われる国々
ダダ呼ばれる黒い肌の女性がいた

薬草や台所医学に精通し
マグレブの料理の伝統を口承で受け継いで来た
「時の守りびと」でもあったダダはクスクスの完璧な料理人

世界一小さいパスタ　蟻の頭の大きさのクスクス粒を蒸す
羊や鶏や幼い駱駝の肉などと
トマト　カブ　ニンジン　パプリカなどの野菜やひよこ豆
そしてローリエ　クミン　コリアンダーなどのスパイスを
鍋に入れて煮込んでスープを作る
蒸したクスクス粒にスープをかけて食べる
唐辛子とニンニクを練り合わせた「ハリッサ」をお好みで

クスクス　クスクス　クスクス

さわさわと風に揺れる
クスクス　クスクス　クスクス
木霊のように心を揺れ動かす
クスクス　クスクス　クスクス
私たちの想像に羽をつける魔法の呪文

ベルベル人
私たちは古くからマグレブの国々に住んでいる
先住民だが原住民というわけではない
古代ローマ人は彼らの言葉が通じない私たちを
バルバロス　野蛮人　と言った
それがベルベルの名の由来
常に戦で負けてきた私たちを

永遠の敗者と呼ぶ人もいる
私たちは歴史を持たない
なぜなら歴史はいつも勝者のためのものだから
私たちは今、自由人「アマジク」と名乗っている

カール・マルクス
1882年　肺の病気の療養のためにカビリー山脈の村で過ごす
そこでベルベル人たちの生活に前資本主義的な共同体が
そのまま残っていることに感動する
「本当のコミュニズム社会がここにある」と涙して
彼らの食　滋養に富むクスクスを食べた

クスクスのルーツは謎だ

ベルベル人の食がそのルーツらしいが証拠はない
彼らには歴史という証明道具がないから

ククス　ククス　ククス

さわさわと風に揺れる

ククス　ククス　ククス

木霊のように心を揺れ動かす

ククス　ククス　ククス

私たちの想像に羽をつける魔法の呪文

セファルディム

ディアスポラのユダヤ人のうち15世紀前後に

主にスペイン　ポルトガル　イタリア　トルコ

そしてマグレブの国々の一つ モロッコに定住したのが私たち
クスクスが北アメリカで食べられるようになったのは
ほんの50年前の1960年代になってから
モロッコのムハマンド5世はユダヤ人を迫害しなかったが
新王ハサン2世になって身に危険を感じた私たちの仲間
その多くがアメリカ合衆国に移住した
私たちの亡命料理とも言えるクスクスを最初に受け入れたのは
ビート・ジェネレーションの作家や詩人たちだった
なぜならこの頃、モロッコはビート・ジェネレーションの聖地だった
彼らはそこですでにクスクスに魅了されていたから
パティ・スミスは1960年代からクスクスが得意料理だった

クスクス　クスクス　クスクス

さわさわと風に揺れる
クスクス　クスクス　クスクス
木霊のように心を揺れ動かす
クスクス　クスクス　クスクス
私たちの想像に羽をつける魔法の呪文

カリビー人
アルジェリアに住むベルベル人の一派
アルジェリアのカビリー地方をホームランドにして
自分たちをヌミディア王国とムーア帝国の子孫と称している
フランスとの戦争の後にパリに移住したカリビー人は多い
最近パリのカフェのオーナーは、カリビー人が多くなってきた
かつてパリのカフェはオーヴェルニュ地方出身のオーナーが多かった

1980年代頃からファストフードなどのチェーン店が増えてくると
オーヴェルニュ人オーナーたちはカフェを手放していく
それをバトンタッチしたのがかつて
ギャルソンとして働いていたカリビー人だった
それで今ではカフェの定番メニューの一つにクスクスがなった

連帯の金曜日
カリビー人が経営するパリ20区のカフェ
マグレブでは、金曜日がクスクスの日
人々と食事を分け合う連帯の日でもある
だから金曜日、ここのカフェでは
クスクスを愛するパリジャンたちに
クスクスが無料で提供されている

感謝を込めて

そんなクスクスを食べながら、父親と娘が話こんでいる

「クスクスに金持ちのと、貧乏人のとがあるの?」

「クスクスは、金持ちや貧乏人を区別しないよ
ただ単にいろんな具を集めたゴージャスなのと
野菜だけのシンプルなのを分けて
フランス人が勝手にそう呼んでいるだけだ」

「そうなんだ、よかった
じゃあ、今は野菜だけのクスクスの方が
ヘルシー大好きで、ダイエットが必要な
お金持ちのためのクスクスね

クスクスって、フランスの国民食だって言われてる
クスクスはフランス人が最初に作ったの？」
「さあ、それはどうかな？
確かにクスクスを世界に広める役割を
フランス人はしたかも知れないけれど
有名なクスクス料理店には
肌の黒いダダと呼ばれる女性がいる」
「じゃあきっとフランス人じゃないのね」
「肌の黒い女性はフランス人じゃないって決めちゃうの？
それはともかく クスクスの故郷はどこの国だと思う？
クスクス粒を取り分ける時のさわさわっていう音
スープから漂うスパイスの香り
そして舌で感じる味

それを持って君が国を決めたらいい」
「ウ〜ン。このスープは美味しいトマトとチキンの味
エスニックなハーブの香りは地中海？」
「クスクスには　アフリカ風　ブラジル風　イタリア風
中東風と様々　もちろんフランス風もある」
「美味しいクスクスを食べていると
もうどこの国の料理だなんてどうでもよくなった
ねえパパ　だったら国ってなんだろうね」
「君はもう舌で感じた。そうさ国なんてどうでもいいんだ
国はクスクスみたいなものって思えばいいんじゃないかな
ルーツや歴史なんてなくていい
誰が住んでいてもいい
お金持ちも貧乏人もみんな美味しい食事を分け合って仲良し

どこでもあってどこでもないところ」

ククスク　ククスク　ククスク

さわさわと風に揺れる

ククスク　ククスク　ククスク

木霊のように心を揺れ動かす

ククスク　ククスク　ククスク

私たちの想像に羽をつける魔法の呪文

昔々あるところに誰かがいて　誰もいなかった

ビスミラー

いただきます

Loさんと散歩

猫の眼のうちに時間を読む人がいるように
私はバンセンヌの森の近くに住むLoさんの
瞳の中のパリ時間をこれから旅する
サンダル履きのLoさんと

ルドリュ＝ロラン駅を出ると
スーパーマーケットのモノプリで労働者が抗議行動中
すでに店じまい中のアリーグル市場を二人でウロウロ歩き
Loさんの友人たちのコミュニティガーデンの中でしばし佇み
スクアットが成功した
赤と黒の門構えのカフェ・コミューンに向かう

残念ながら今日はお休み

バスティーユ広場を横切りマレ地区へ
ヴォージュ広場の回廊でアコーディオン奏者に出会う
「最近は東ヨーロッパからのミュージシャンが増えてるよ」
とLoさんが教えてくれた

目をつぶってうっとり聴いていたので
二人の耳に彼が奏でるメロディーが染み込む

カルナヴァレ（パリの歴史）博物館の前を通り過ぎ
19世紀に焼失したチュイルリー宮殿の一部が眠っている
まるで時が止まったままのような公園の方へ向かった
公園が眺められる小さなカフェでひと休み

二人掛けの小さなテーブルに座り
ギャルソンにコーヒーを二つ頼む

小さなトレーの上にのせられたコーヒー二つが到着
ソーサーの上にはスティックシュガーと小さなクッキー
Loさんはニコニコ笑いながら
「コーヒーと一緒にミルクは来ないけど大丈夫？」
と 気遣ってくれた
もちろん大丈夫

「いつもワイフとここに座ってコーヒーを飲みながら
街の人々の様子を長いこと眺めているんだ」
それはきっとLoさん夫妻の至福の時間なのだろう

デミタスより少し大きいぐらいのカップに入った
パリの濃いめのコーヒー
私はクッキーをかじりながら
「角砂糖はもうカフェから消えてしまったの?」と
Loさんに尋ねるが　答えはない

カフェを出るとLoさんはスタスタと
アート・エ・メティエ地区へと私を連れて行く
「ここはとっても古いチャイナタウン。
浙江省の温州からの移民たちが多く住む街なんだ」
石造りの古くて頑強な作りの建物の一階に
ビーズ　革製品　造花　リボン・・・
そんなファッションに欠かせないパーツを扱う店が並ぶ

「第一次世界大戦の時にフランスは
大量の中国からの移民を引き受けた
もちろん兵士として戦ってもらうためにね
戦争が終わって国に帰った人も多かったけど
この地に残った人たちがここに
彼らのコミュニティを作ったんだ」

そう説明してくれるLoさんの声に耳を傾けながら
この街のグラフィティを眺める
その中にかわいいバンビの絵を見つけた
「鹿はね、温州のシンボルだから」と
Loさんの声が聴こえる

気がつくといたるところの壁に鹿、鹿、鹿
鹿の胴体に描かれた小さな白い水玉模様が
次第に暗くなってきたパリの街角に
ふわふわと蛍のように浮かんでいるように見えた
振り向くとLoさんの瞳にはスルスルと幕が降り始めた

そうして私のパリ時間も終了した

管 啓次郎

Keijiro Suga

パリについて

モンパルナス

しずかな朝のモンパルナスで
セルジュが歌っている
しずかな秋の朝にむかって
つぶやくように、ささやくように
À quoi bon? À quoi bon?
肉体もないのにセルジュが歌っている
サン＝ジャック大通りを歩きながら
サムがぶつぶついっている
もうじき私もその墓地で
眠ろうかなと独り言

ぼくはセルジュに花束をわたし
サムには仏教の解説書をあげようと思う
秋の朝のモンパルナスで
二人の幽霊に挨拶する
おはようセルジュ、ぼくだよ
おはようサム、ぼくですよ

セーヌ　1

氷河期のセーヌをいつも思い浮かべる
冬の川面は凍り人影はなく
痩せた赤い牛の群れがとぼとぼ歩いている
雪解けの夏には滔々と水が流れ
ときおり氷河のかけらが流れ

ときどき大洪水を起こした
ミラボー橋はなく、橋はひとつもなく
この平原の母が悠々と横たわっていた
居住はなく、ここはまだ Lutetia でさえなかった
ある夏の日ひとりの青年が通りかかったことがあった
彼はネアンデルタール人
川辺の湿原に群れる鳥を獲っていた
鳥を獲り束ねて持ち帰り
塩漬けにして天日に干す
それで冬に備えるのだ
冬は南仏の洞窟で暮らした

セーヌ　2

神よおれを死なせないでください
セーヌの川岸にたどりつくまでは
そういって冬のベルリンから
パリをめざして歩いた若者がいた
彼の目的は祈ること
重い病に衰弱した親友の老婆が
彼の歩行の力で少しずつ恢復すること
もちろんそんな保証はなく
神はいるのかどうかすらわからない
だが彼は他にもいろいろなことを祈りながら
冬のヨーロッパ平原を歩いていった
ローマ時代の街道をできるだけ辿った

世界をさびしくするすべてに彼は反対だった
神よおれを死なせないでください
へとへとになって彼はパリにたどりつき
誰にも知られず一杯のカフェオレを飲んだ

ガラス都市　1

昔のパリにはガラス売りがいて
大きな板ガラスを何枚も背中にせおい
ガラスはいらんかねと声をかけながら
街路を売り歩いていたそうだ
アパルトマンの窓に合わせて板ガラスを切り
破れた窓を直してくれる
ところが意地悪な連中もいたもので

アパルトマンの上から男のガラスめがけて
植木鉢を落としたりする
板ガラスは爆竹のような音を立ててこなごなに砕ける
ガラス売りは泣く、大の男が、あまりの惨めさ悔しさに
それは十九世紀の首都パリでの話
そんな意地悪なやつらはその後、大増殖して
世界中で板ガラスを割りまくっている
らぱぱん、らぱぱん、らぱぱん
無為の破壊の世紀がまたつづく

ガラス都市 2

パリの明るさはセーヌから来るだろう
海岸の光にも似た川岸の光が

灰色の街路のすみずみまで行きわたっている
それは二十世紀にも十九世紀にもそうだったはず
快晴の明るさはもちろん
曇りの日の灰色の明るさがあり
雨や雪の日の暗い明るさがある
それはこのごく緩慢な傾斜をもつ谷間の明るさ
その明るさを増幅させるのがガラスで
古くからのアパルトマンのガラス窓が
反射光を作り出し
光の祭壇を作り出す
大小のすべての光源に対して
忠誠を誓いながら
反射光の数だけパリには幽霊が出現する

明るい幽霊たちが光の歌を合唱でうたう

犬遊び

ユネスコ本部前の公園でぼんやりしていると
一匹のジャックラッセルテリアが現われたんだ
くわえていた緑色のテニスボールを
ぼくの前にぽんと置いた
そのまま短い尾を振りながらじっとこっちを見上げている
ぼくはすぐに理解して
ボールを拾い芝生にむかって投げてやった
ジャッキーは喜び勇んで駆け出し
ボールを捕まえて戻ってきた
投げる、かける、拾う、戻る

四つの動詞のうちこっちが果たすのはひとつ
（こういうときこそ使役動詞が必要？）
犬たちは次第に増えてきて
ぼくは六頭の犬たちのための投球装置になった
何というよろこび、楽しさ
その証拠となる動画は YouTube にあります

カルチエ・ラタン

一九七八年の社会学のゼミは「五月の運動」について
「三月二十二日運動」にはじまる一九六八年の展開を
ぼくらは克明に追っていた
でもそれはすべてパリでの話
ぼくはフランスに行ったことがなくフランス語も学びはじめたばかりだった

一九八八年に初めてパリに行きセーヌ左岸を隈なく歩きまわった
それからやっと少しパリが身近になった
二〇一八年は「五月の運動」から半世紀
ぼくはいったい何を歴史から学んだのだろう
覚えているのはバリケード封鎖された街路を
ジャック・ラカン博士が小さなシトロエンで
高笑いしながら走り抜けていくところ
「赤毛のダニー」とカトリーヌ・クレマンを乗せて
物語をすっかり忘れた映画の一場面のように
見たわけでもないその情景だけが
この上なく明瞭にくりかえし脳内で再生される

清岡智比古　Tomohiko Kiyooka

『東京詩』（2009年）は、「詩人たちの東京をモチーフとした詩を、東京という都市の〈地誌〉として作り出そうとする試み」（吉本隆明）である。詩集は『きみのスライダーがすべり落ちる その先へ』（2014年）。また映画論『パリ移民映画』（2015年）、都市論『エキゾチック・パリ案内』（2012年）がある。明治大学理工学研究科総合芸術系教授。

ミシマ ショウジ　Shoji Mishima

「詩は万人によって作られなくてはならない」というロートレアモンの言葉をもって、黒パン文庫を主宰。詩の朗読、ライブなど、友人たちと言葉と音を持ち寄りざわめきの夜を過ごす。「Ghost Songs」「詩の民主花新聞」などのzinを発行。製パン店ameen's oven店主。

佐藤由美子　Yumiko Sato

ビート・ジェネレーションの作家や詩人たちの影響を受け、詩や物語を書き始める。グラフィックデザイナーのしのやま小百合と二人でart up poetic butterflyという本や言葉をテーマにしたアート活動、カフェ・ラバンデリアを拠点にトランジスタ・プレス（一人+猫）の出版活動もしている。

管啓次郎　Keijiro Suga

詩の主題は以下のとおり。地水火風と人間社会、地形および気象と人の気分、そして人間と動物との関わり。詩集に『Agend'Ars』4部作（2010~2013年）、『数と夕方』（2017年）、英文詩集 *Transit Blues*（2018年）がある。『斜線の旅』で読売文学賞受賞(2011年)。明治大学理工学研究科総合芸術系教授。

北井晴彦 Haruhiko Kitai

モノクロ表現の持つ独特の世界観で「都市の情景」をテーマに作品制作を続ける。特にパリを被写体とした一連のシリーズでは、背景となる空の存在感を全面に押し出した視点で、都市の個性を浮き彫りにしている。

https://kitaistudio.co.jp/

NU☆MAN

衣食住の「衣」について考え、実践するソーイングサークル。ボタンつけ、ズボンのすそあげ、穴のつくろいから、ゴミを活用した物作り、シルクプリントなどなど。まずは自分で着たいもの、作りたいものを見つけ、そして作ることの最初の一歩を共に踏み出しましょう。

https://www.blogger.com/profile/03544543776056894985

敷石のパリ
Traversée de Paris
カラフルなざわめきの足音へ

2018年12月22日発行
著者
清岡智比古
ミシマ ショウジ
佐藤由美子
管 啓次郎

本文写真：北井晴彦

ブックデザイン：BULAN GRAPHIC
栞制作：NU☆MAN
Special Thanks：Brkic Sulejman

発行者：佐藤由美子＋ミシ、サビラ、クチ、キロ
発行所：トランジスタ・プレス
〒160-0022 東京都新宿区新宿2-12-9 広洋舎ビル1階 カフェ・ラバンデリア内
TEL: 03-3341-4845
transistor@k6.dion.ne.jp
https://transistorpress.wixsite.com/book

印刷・製本：株式会社ルナテック
〒116ー0011 東京都荒川区西尾久4-24-12
TEL: 03-3800-6050

Printed in Japan
ISBN 978-4-902951-09-7
C0095 ¥1600E

〈この本について〉

パリ5区ブシュリー通りにシェークスピア・アンド・カンパニーという書店があります。この書店のアーカイブを担当する方からのある問い合わせがきっかけとなって、4人の詩人が集まり『敷石のパリ』が生まれました。今年はmai68（パリ五月革命）から50年。mai 68当時、シェークスピア・アンド・カンパニーは、学生たちをこっそり匿っていたことでも知られています。この本に関しての詳細はfacebookをご参照下さい。https://m.facebook.com/敷石のパリ-551051501974802/